미친 것들, 왜 이리 예뻐?

문학시티 시선집 25

미친 것들, 왜 이리 예뻐?

이희영 시집

문학시티

● 시인의 말

누가 어떤 계절을 좋아하냐고 물으면
나는 난감하다
봄 여름 가을 겨울
어느 계절을 꼽을 수 없기 때문이다
이래서 좋고 저래서 좋다

외출했다가 귀가하면 현관에서
신발을 벗으며 밖에서 있었던 얘기 하느라
진심인 내게 남편은 누가 물어봤냐며
신발이나 벗고 들어와 얘기하라고 한다

그림 그리는 일에 황금 같은 시간을 쓰고
누가 알아주지도 않는 시 읽고 시 쓴다고
밤을 지새우며 울다가 아침에는 눈이 밤탱이가 되고
깔깔깔 웃다가 새벽을 맞기도 했다

내게 주어진 환경,
마음먹은 대로 살아지지 않아서
누구에게 털어놓을 수 없던 이야기들
글 속에서 참 많이 징징대었다

참 바보였다
순간순간 가족이 있어 위안이 되고 힘이 되고
친구 성도 간의 교제와 기쁨
자연이 내게 준 감동
하나님께서 주신 구원
이 시집을 출간하며 무릎을 '탁' 친다.

2023년 5월에
이희영

미친 것들, 왜 이리 예뻐?

차례

시인의 말

1부_ 시가 흐르고 있다

꽃 · 13
시가 흐르고 있다 · 14
강 · 15
움직이는 섬 · 16
미친 것들 · 18
겨울, 나무 · 20
비 온 뒤 산행 · 22
매화의 뒷모습 · 23
쑥 · 24
은방울꽃 · 26
봄의 손길 · 27
민들레 홀씨 · 28
겨울의 잎새 · 29
상생을 그린다 · 30
겨울 여행 · 31
4계절 · 32
여름과 가을 사이 · 34
산 그림자 · 35
산책길에서 · 36
바람 · 38

2부_ 봄이 왔다

이젠 너의 손을 잡는다 · 41
보자기는 보자기가 아니다 · 42
머리 · 44
밤은 깊어간다 · 46
혼잣말 · 48
B 대면 데이트 · 50
나의 라이프 스타일 플랫폼 · 52
견우와 직녀가 부럽다 · 54
봄이 왔다 · 55
선물 · 56
강물 · 57
늦가을 맨발 산행 · 58
늦가을 산행 · 60
수육을 먹으며 · 61
우리 동네 소통 칠판 · 62
장례식 · 64
우리 집 냉장고 · 66
돈키호테와 요즘 사람들 · 67
날아오른다 · 68
초인종 소리 · 70
불가마에서 · 72
한 해를 보내며 · 73

3부_ 새로 시작하려고요

무게 · 77
풀꽃 · 78
돌솥비빔밥 · 80
새로 시작하려고요 · 82
빗소리 · 84
아버지 · 86
맛있는 수다 · 87
귀 · 88
간절곶에서 · 90
비 온 뒤 · 91
어머니 · 92
페달을 밟으며 · 94
사형장 옆 미루나무 · 95
그곳에 서 있다 · 96
아가 웃음의 비결 · 98
민낯 · 100
시간 탓 · 102
고매감 · 103
달빛 미소 · 104
길은 없다 · 106
은사시나무 · 108

4부_ 바람은 쉴 자리가 없다

나를 찾아서 · 111

길은 늘 젖어있다 · 112

구멍 · 114

시인과 바다 · 116

안으로 들어오는 · 117

바람은 쉴 자리가 없다 · 118

사월 이야기 · 120

서랍 · 121

소쩍새 · 122

보슬비 · 123

낮 그림자 낮 그림자 · 124

비를 기다려 · 125

박물관에서 · 126

시선이 바쁘다 · 127

사람 책 · 128

요가 · 129

딸에게 · 130

숲에서 · 132

입 큰 제비 새끼 · 134

빛을 향하여 · 136

해설 | 민용태 - 미침의 미학, 그 진솔성과 감동의 현장 139

1부_ 시가 흐르고 있다

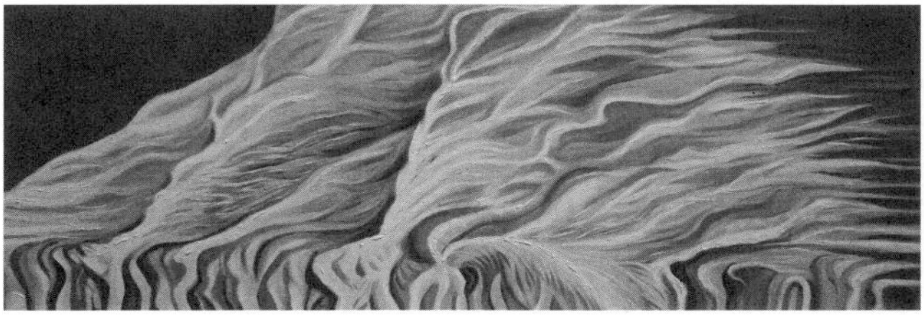

끝없이 급변하는 세상 앞에서
우리는 모두 미쳐야 살 수 있는 것인가
돈키호테가 현실을 직시했을 때
삶을 놓아야 했던 것처럼
진정한 미침이 사람을 살게 한다.

꽃

세상
다 털어내고
꼿꼿이 서 있다

손끝이
파르르 떤다

잠시 내려 앉을 뿐인
햇살만으로도
거뜬히 견디어낸

스스로 빛나는
한여름 밤의
꿈이 피었다

다 네가 아름다운 까닭이다
다 너를 좋아하는 까닭이다

시가 흐르고 있다

스스로 던진 돌팔매
아슬아슬 흔들어 깨우는
파문 하나

끊어진 듯 이어지고
고리로 묶여 옴짝달싹
짧고 목마른

넘어지고 깨지며
깊게 패인 웅덩이에
말 못 할 사연 가라앉아

가끔은
맑은 물이 흐르고
초록이 무성하고
별이 쏟아져 내리는

내 손바닥에 시가 흐르고 있다

강

에덴동산에서 흘러나온 강일까
두 갈래 세 갈래 네 갈래
쉼 없이 흘러 흘러
내 몸속에서 흐른다
강도 나비도 흐르고 날아오르고
꽃송이에도 흐른다
흐르며 난 상처 흐르며 아문다
떠나보내고 싶은 일 모두 버린다
알게 모르게 지은 죄까지 씻어 내릴 수 있을까
인생도 꿈도 흘러 흘러
언젠간 끝이 날 것
강도 바다에 이르면 갈매기가 된다

움직이는 섬

섬 안에 섬들이 있다
섬 안에 가늘고 비틀거리는 고독이 있다
섬들 속에 또 다른 섬 섬
어떤 이는 머리에
어떤 이는 허리에
어떤 이는 가슴에, 다리에
치매 걸린 섬 하루 종일 왔다 갔다
왜 그렇게 왔다 갔다가 하세요?
이렇게 왔다 갔다가 하면 돈이 들어온당께
허리 아픈데 고둥 잡으러 다녀오세요?
허리가 아파도 배는 고파
왜 그렇게 고개를 숙이고 계세요?
골이 아픈께
골 속에 섬이 하나 들어있나 보다
하염없이 뱃머리를 마주한 섬
섬은 섬을 가지고 산다
해가 지면 칠흑 같은 어둠
달 별 꽃 원시림과 푸른 바다 기암괴석들
아무도 보는 사람 없다
춤추고 사랑하고 노래하라

모든 것을 잃고 깨달은 하늘
그리스인 조르바처럼

미친 것들

어린 홍매화 일월부터
입술에 새빨갛게 처발랐다
어려서 철이 없는건지
아주 제정신이 아니다

한겨울 하얀 목련
아예 나팔을 불어대며
파란 하늘 향해 보란 듯이 피고 있다
정녕 미쳐도 제대로 미쳤다

분홍 산철쭉 벌써 화사하게 치장하고
지나가는 사람 홀리다 못해
정신 줄 놓게 한다

코로나19 바이러스 미친 난리 통
불안과 걱정으로 가득 차
인종차별 사기꾼 장사꾼 득실대는 그 틈새
인상주의 그림에 환장해 오르세 미술관 행
티켓을 예매했다가
위약금 절반을 물어낸 나도 단단히 미쳤다

끝없이 급변하는 세상 앞에서
우리는 모두 미쳐야 살 수 있는 것인가
돈키호테가 현실을 직시했을 때
삶을 놓아야 했던 것처럼
진정한 미침이 사람을 살게 한다.

미친 것들, 왜 이리 예뻐?

*작가 다나 김선자의 미친것들을 읽다가 문득

겨울, 나무

지난여름
하늘에서 구멍이라도 뚫린 듯 비가 퍼붓더니
올겨울엔 역대급 한파라 한다
언제 어둠이 내릴지 모르는
살아있음의 무력감

겨울, 나무는
소리 없는 말
햇살에 반짝이던 잎, 재잘거림
모두 비워내고
땅속으로 꺼지기라도 할 듯
한 자리에 붙박여 겨울 한가운데 서 있다

겨울, 나무는
묵직한 침묵
남몰래 속 태우던 너
빛을 더 넓고 깊이 비춘다

겨울, 나무는
고요하다

세상에 대해 한 치의 의심 없다
너는 머리를 하늘에 묻고 있다

비 온 뒤 산행

슈퍼 태풍이 휩쓸고 지나간 산
맞서서 이겨낸 나무들 등이 휘었다
오솔길은 잘려나간 잔솔가지 잎들로 가득하다
까치가 쉰 소리로 반갑게 가악가악
집을 잃은 개미 거미 지렁이 작은 생명들
복구 작업으로 분주하다

먼 산이 손에 잡힐 듯 또렷하다
촉촉한 흙, 나무 향기 더 짙고 싱그럽다
나뭇가지 사이로 비취는 햇살이 참 좋다
졸졸 산골 물소리 신발을 벗는다

힘들고 지친 발길 이 산을 올랐지
언제나 반기며 위로로 품어준 산
비바람 이겨내 가슴이 더욱 단단해진 산
산은 내게 희망이다
비 온 뒤의 산은 흙 돌 나무로 쌓아 만든 무지개

매화의 뒷모습

돌이켜 어제보다 더 움츠린 하루
마음을 붙여 어디 기댈 곳을 찾아
멈추어 선다

바람에 날리는 눈꽃 같은 매화
모든 것이 얼어붙어 있는 이 겨울
홀로 멈추어 선 꽃

맑음의 극한은 추위를 모른다
군자의 어여쁨이 꽃으로 피어있다
누군가의 눈길을 기다리며

머지않아
훈훈한 정
가슴에 밀려올
그날을 기다려

쑥

새봄의 뉴 페이스
아랫니 두 개가 뾰족이 올라온다
하루가 어디냐며 쑥은 쑥쑥 잘도 큰다
어릴 적 같이 쑥 캐던 쑥이는 지금 어디서 살고 있을까
- 친구 영숙이를 우리는 경상도 된소리 쑥이라(쑤가~~~)
불렀다 -
쑥국을 먹어야 진정한 봄이 찾아올 것 같았지
쑥 캐는 나를 쫄쫄 따라다니던 강아지 쑥이

작고 행복했던 소중한 것들을 잊고 살았다
좁은 테두리 안에서만 맴돌며 살고 있는 나
꿈꾸던 삶의 모습도 내가 알고 있는
테두리 속의 비슷비슷한 모습일 뿐

새롭고 엉뚱한 경험, 특별함을 찾아
계속 벽을 허물어 시간과 영역을 확장하는 게
인생이 아닌가

이 작고 여린 쑥도 영역과 시간을 벗어나면
쑥대밭이 되고 만다
주어진 환경과 시련 그냥 쑥 넘기면서 쿨하게 살자

은방울꽃

산책길 옆
나지막이 초록이 무성하다
무심히 지나치는 내 눈에
꽂히는 방울 소리
슬쩍 그 잎을 들추어 본다
커다란 잎사귀 아래
앙큼하게 숨어있는
여리고 하얀 종 종 종
내 몸을 누구에게 내보일 필요 없다
자기만의 향기 자기만의 멋스러움 간직한 채
마냥 혼자 있어도 좋은 은방울꽃
더러는 나 좀 봐 달라며
나 여기 있다고 목이 터져라 외쳐도
눈길 한번 주지 않아 조바심으로
혼자 주저앉고 말았지.
그러나 참으로 아름다운 것은
알아주지 않아도 울지 않는 것
은방울꽃은 눈물을 보이지 않는다
온몸이 눈물방울이 되도록

봄의 손길

멋 부리지 않고
가난한 속 말
비밀 묻어둔 채

바람에 날리는
세상 가득 담아온
여린 연둣빛 젊음
분홍빛 수줍음

긴 겨울을 지나오는 동안
얼마나 간절히 기다렸는지
나를 꼬옥 감싸주는 봄의 손길
내 몸속에 새 피가 돈다
두 뺨이 연분홍 봄빛

계절의 친절은
세월의 잔인함을 감싸고
가는 봄을 되불러온다

민들레 홀씨

나 또한 어느 날 훌 날라왔다
아무것도 선택한 것은 없었다
- 나중에 "좀 더 나은 환경에서 태어났더라면…." 하는
후회가 있었지만 -

노란 민들레 135 송이가 내게 왔다
꽃도 아니고 잡초도 아닌 135개의 씨앗을 품은
홀 씨앗대 하나 바람을 기다리고

어쩌다 어느 바람에 너도 나처럼
이 척박한 아스팔트 위에 그냥 떨어졌구나

내 너를 길 건너 야트막한 언덕에 보내주마
맑은 물 흐르는 시냇가 매미 소리 향기로운 들판
가장 햇살 좋은 양지에

이제 가을이 문을 두드린다
새로운 다짐으로 옷매무시를 가다듬는다

겨울의 잎새

바람이 힘을 모아
시린 나무들의 팔을 흔들어댄다
바람 불 때마다 떨어지는 잎사귀
가을은 낯선 이야기, 머뭇거리던 노래
사무친 그리움까지
다 몰아내고 주위를 휘감는다
남아있는 이파리 몇 낱
해끔히 눈 속으로 들어온다
너는 야위어 가고 있다
폭풍이 몰아닥친다 해도
열정을 불태우고
바보처럼 몰입
이제부터 시작이야!

상생을 그린다

그는 나무
그녀는 흙
나무는 크지만 따뜻하다
흙은 나무가 뿌리 내리도록 받쳐 주고
나무는 흙을 감싼다
흙은 뒤틀고 바스러진다 부드러워진다
나무는 숱한 바람에 떨고 휘어지다 단단해진다
햇빛을 받은 따뜻한 눈빛으로 나무는 아래를 바라본다
상생의 길
찰떡궁합
흙에서 나온 뱀은 민첩하고 영리하다
순하디순한 양은 겁이 많고 고요하다
뱀과 양 사이로 바람이 흐르고 햇살이 흐르고
강은 잔잔히 흐른다

겨울 여행

- 섬진강

새벽
기차의 차창 고단하다
휑한 빈 밭
추레한 녹슨 잡목들
끊어질 듯 가느다란 물줄기
섬진강으로 흐르는 물일까
긴긴 시간 흐르고 흘러
내 속에서 흐르던 섬진강
외로움 한 줌 걸친
개성도 빛깔도 향기도 없이
칼바람 함께 어우러진 섬진강
허물없는 저 강처럼 50년 함께 흘러온 여인 셋
깔깔대며 섬진강 물결 위에
꽃이 되어 흐른다

4계절

- 4자매

지금, 바로 봄
3월에 태어난 막내 선영이는
통통 튀는 너는 설렘
맨해튼 거리를 꽃치마 입고 머리에 봄꽃 달고
패션쇼 한다고 나를 불러내
세상천지 끌고 돌아다니지

나는 7월 말 불볕더위에 태어났다.
엄마는 나를 팽개치고 가슴에 품은 바람 따라 뒷산으로
쉬지 않고 울어대는 매미 소리에도 나는 새근새근
잘도 잤다
지금 나는 틈만 나면 불가마를 끌어안고 바다를 생각한다

시월 언니
온통 가을
시도 때도 없이 울컥울컥
누구나 실수한다.
후회와 반성은 인제 그만
지는 노을이 슬프고 아름다워 나를 불러내
떨어지는 가을을 주워 담기를

일월의 아침
새하얀 고요는 애처롭고 적막하다
동생 미영이에게 따뜻한 별을 선물하고 싶다
눈밭에 외로이 선 나무의 강인함
나의 뜨거움을 식혀준다

사계는 네 자매, 나를 이끈다
머잖아 다시, 봄
나를 맴돈다

여름과 가을 사이

여름이 맥없이 늘어져 있다
마지막 열정 불태우기 위해
너만큼 소중한 것을 잃어야 한다
그만한 대가를 치러야 하니까

넘쳐흐르던 힘
뜨거운 햇빛과 바람
달아오른 아스팔트
울창한 숲

아직 태우지 못한 열정
높고 푸른 하늘 향해
미련 없이 떠난다
진실을 향하여
잠깐 머무는

여름과 가을 사이

여름 여물어가는 소리
"곳 됴코 여름 ㅎ.나.니"

산 그림자

숲속의 알록달록 풀꽃들
서로 그림자 길다고 다툰다

나무들도 자신의 그림자
더 길고 멋지다고 서로 뽐낸다

색깔도 향기도 만질 수도 가질 수 없다
그림자를 두고 서로 숨겨진 욕심 부리기

누구나 그림자가 있다
나의 그림자는
나보다 나무보다 다른 사람의 눈에 더 잘 보이는 것

해 질 녘
조용히 마을로 내려오는 숲 그림자가 있다
낮 동안 서로 아프게 했던 상처
사람의 허물을 서로 덮어준다
엷은 미소 띄고 마을의 마음을 감싸는 산 그림자

산책길에서

산책길에서 나의 우주 나의 별이 나와 있다
생강나무 산벚나무 후박나무 철따라 피는 들꽃들
배움과 기쁨과 작고 애달픈 그리움도 열려있다

어릴 적 내 작고 까만 손톱 같았던 열매
지천으로 널려 배고픔에 따 먹던 동글동글
윤이 나는 까마중 - 3총사 용희와 혜경은 지금 어느 별에 살고 있을까? -

저 아랫마을 아파트와 빌딩 사이
다닥다닥 붙은 낮은 집들 사이
까마중 같은 내 가족이 산다
복닥거리고 달그락거리는 소리 들린다

마음에도 없는 말로 상처를 준 후회

부엌에 불이 켜지고 저녁을 준비하는 나의 뒤에서
까르르 웃으며 안아주는 딸
올라올 때 무거웠던 마음이 한결 가벼워진다

그동안 나의 별이 궤도이탈로 떠돌고 있었나?
산책길에서 너를 만난다
자 이제 우리 가족 내 딸이 기다리는
우리 집으로 가자 노란 불빛 그곳

바람

내게로 온 바람은
나의 바람, 바램이었다
긴 머리카락 가닥가닥 스치며
고움과 멋을 심는다

나뭇잎 사이 여린 풀잎들
바람에 몸을 맡겨 이리저리
비바람 그치니,
아무 일도 없었던 듯

바람의 눈 안의
지워지지 않는 가녀린 무늬
풀잎은 바람의 친구
함께 길을 가네

2부_ 봄이 왔다

세상 편하게 앉아있는

봉긋하게 솟아오른

너의 가슴, 살결 그리고 검고 긴 머리

너의 피와 나의 피 하나 되어

밤은 깊어간다

이젠 너의 손을 잡는다

무심코 펼친
책 속의 한 글귀에
내가 잦아든다

타인이 대신 앓는
나의 상처

언젠가는 의식의 표면으로
떠오르게 될 나의 트라우마

오래 준비된 인연이
기다리고 있었던 순간처럼

마음을 꺼내어
이젠 너의 손을 잡는다

보자기는 보자기가 아니다

얇은 사각형 천 쪼가리
보자 보자 하니까 보자기로 보이나
보자기는 보자기가 아니다
메고 덮고 깔고 싸고 두르는
신비한 마법의 양탄자

숨겨둔 심장은 언제나 따뜻하고 포근하다

가끔 바다에 누웠다가 하늘을 나른다

즐거운 공간 외로움 그리움의 공간이 된다

내 안에 있던 슬픔 원망 미움
꽁꽁 싸매 두었던 온갖 잡동사니 다 품어
지워지지 않는 상처 감싸 안아주는
보자기는 바다

다 내어주고 흘려보내고
너와 나 마법의 양탄자 타고 새로운 세상으로

때로는 평면으로 평일로 돌아가
핸드백 속 귀퉁이에 다소곳이 앉아 눈을 뜬다

머리

툭
머리가 떨어졌다
검고 긴 머리카락이 싹둑 잘려나간 것

잠에서 깨어난 나는
얼른 거울 앞으로 갔다
머리카락이 붙어있음을 확인하고서야
놀란 가슴을 쓸어내렸다
십자가처럼 머리칼 한 덩어리 감아올려 놓고
다시 자신을 바라본다

나는 이 무겁고 버거운 머리카락을
수십 년간 지고 살고 있다
세상을 받아들이는 나름대로 결연의 의지 표현이다

무슨 근심과 걱정이 많을 때
이런 꿈을 꾼다는 꿈 풀이를 듣고서야
어쩌면 이 머리카락이 무거운 것이 아니라
머릿속이 복잡하고 힘들었던 것이었음을 깨달았다

소중한 지금,
짧은 단발머리로 나를 곧추세운다

밤은 깊어간다

도착하니, 숙소는 밤이다
딸은
짐만 던져놓고
테라스 욕조에 잠겨 든다

밤바다 파도 소리 바람 소리
달빛과 조명에 스치는
철부지 딸의 알몸
새하얗고 보드라운

양팔을 머리 위로 올리고
세상 편하게 앉아있는
봉긋하게 솟아오른
너의 가슴, 살결 그리고 검고 긴 머리
너의 피와 나의 피 하나 되어
밤은 깊어간다

나는 나를 거울에 비춰본다
살찌고 짜딸막한 잔주름의
중년 여인이 낯설다

네가 나를 이겼구나
너의 승리를 축하하는
내가 더 행복하다
조용한 료칸 속의 딸과 나의
달달한 밤은 깊어간다

혼잣말

쪼그리고 앉아 쪽파를 다듬고 일어나는 순간
나도 모르게 아이고 아이고 아아이고~~~

냉장고 문을 열고는 무엇을 꺼내려 했는지
아이고 네가 여기 왜 들어앉았니?
핸드폰이 떡하니 반찬 통처럼 앉아있다.

한숨인지 아픔 괴로움 감탄인지
부쩍 늘어난 혼잣말과 후회로
스스로 편지를 보낸다

내가 나를 마주한 적이 있는가
나에게 솔직했나
자신을 사랑하고 격려한 적이 있던가

서러운 웃음과 체념으로
때로는 다짐으로 답장한다

이제부터라도
마음 깊은 곳에서 끌어낼 수 있는

순수함과 진실한 편지를
써 보내고 답장을 써 보내야지

B 대면 데이트

어~오~~이~이쁘다 너무 예쁘다
콧소리로 나에게 다가오는
그 남자 이름은 최준
반존말 느끼한 앞머리의 커다란 쉼표 꼬리가
한쪽 눈을 가리며 콧구멍을 향한다
커피가 좋아 에티오피아 유학파 카페 사장이다

붉은 속살 스테이크 먹기 좋게 썰어
호~불며 내 입속으로 쏙~~아, 귀여워
뭘 그렇게 놀라 바보야~
오늘도 수고 많았지, 맛있게 먹어 바보야~
다정한 허세에 웃음과 민망함 장난기

매일 목적지 없이 걸어도 걸어도 지루하지 않던
서로의 존재만으로도 벅찼던 연애가 그립다
얼굴 마주 보며 카페 데이트는 까마득히 옛날이야기
어지간해서는 기쁠 것도 슬픈 것도 없는 요즘
죽어있던 세포가 깨어나는 듯

검붉은 와인 한 잔에 취한다며

갑자기 내 품으로 쓰러지는 준,
시작은 장난이었는데
어느새 준독 되어 준며드는 찰나
창의 불이 꺼진다

나의 라이프 스타일 플랫폼

- my life style platform

너는 자꾸 작아져 간다
아쉬움 뒤로 기울어져 간다
한때 넓은 운동장으로 포근히 안아주었지
고무줄 오재미 공기놀이
그 많던 아이들은 어디로 간 걸까

누군가를 기다리고 보내던 자리
가슴 아린 이야기가 눈시울 붉히던
풀어 놓을 수 없는 노을
조용히 감싸 안아주었지
꽃이 아닌 한 꽃의 실루엣

이젠 손바닥 안에서 너를 만나고 보낸다
스마트 폰은 TV가 되고 손가락 하나로 쇼핑도
때론 친구로 집착으로 마약으로 바보가 된다

스며들지 못하는 나는 설 곳이 없다
깊숙이 뿌리내려야 한다

셀 수 없는 별들이 밝고 영롱하게 떠 있는
화면 안의 세상보다 지루한
풀벌레 소리 들리는
나만의 라이프 스타일 플랫폼 - my life style platform

견우와 직녀가 부럽다

- 음력 칠월 칠석 맞아

헤어지는 길인가 보다
입 꼭 다물고 빠른 걸음에 끌려가듯 소의 네 다리가
휘청거린다
만남의 기쁨은 잠시, 긴 이별의 슬픔에 행여 그가
뒤돌아보아 주기를
이 애틋한 사랑이 어디 연인에게만 있으랴
1년에 한 번은커녕 50년을 생이별한 사람이 있다
남과 북 철조망으로 오도 가도 못하는 가족들이 있다.
까맣고 큰 두 눈에 닭똥 같은 눈물
한 맺힌 50년 세월 눈도 못 감고 아버지는 돌아가셨다
코비드 19시대
우리는 가까이 살면서도 생이별하고 살고 있다
미국에 사는 아들과 며느리, 365일 애태우고 그리워한다
태어난 손자 안아볼 수도 오고 갈 수도 없는 가족들
손자 오면 주겠다던 장난감은 이제 유치한 쓰레기가 되고
마스크가 오작교 대신하며 하루하루 살아가는 우리
돈보다 소중한 KF94 마스크 시대
칠월 칠석, 오히려 견우와 직녀가 부러운 세상이 되었다

봄이 왔다

새봄이 마스크 벗고 왔다
혈관마다 빨갛게 피가 돈다
한가득 웃음과 콧물 달고
혹한 추위 역병의 고독과 상실을 유월하고 왔다
아련히 잊었던 기억 너머
그래
너의 코는 연노랑
너의 입은 연분홍
여기저기 연초록
그래
거기에 너가 있었지
서로 잘 견뎌 왔다고 건네는 위로
봄맞이는 늘 그렇듯 슬프도록 화사하다
오래 잊고 살았던
새벽 엄마의 도마소리 토닥토닥

선물

보름달 같은 동그란 은색 줄에
갖가지 세상 이야기 참(charm)으로 달렸다
이런 거 좋아하실지 모르겠네요
어머니께 잘 어울리실 거 같아요
툭 불거지고 쭈글쭈글한
내 손의 부끄러움을 잡으며
끼워주는 딸아이 남친의 다정함
너는 어느 별에서 왔니?
너의 얼굴, 음성 마음까지 동글동글 팔찌를 닮았다
이제 나머지 너를 참으로 끼워 넣으면
세상 하나뿐인 나만의 팔찌가 된다
너는 내게 팔찌를 선물했지만
내 맘속의 동그란 기도를 선물 받았구나
부디 너희들의 사랑이 늘 이런
보름달처럼 가득하기를!

* 참(Charm) :팔찌 줄에 끼우는 구슬 같은 것으로 본인이 원하는걸 골라 끼우면 자신만의 팔찌가 완성됨.
판도라에는 어마어마한 수의 참이있음

강물

- 한강에서

코로나로 모든 것이 정지된 세상
문득, 불어오는 바람에
너의 찰랑거림이 몰려온다
오늘은 너와 말 나누고 싶다
오늘은 발맞춰 너와 걸어보고 싶다
그런데 여전히 눈길 한 번 주지 않는 거니?
네 속에 비친 흔들리는 세상을 바라본다
너무 힘들게 애쓰며 살지 말라고
주어진 삶 고스란히 받아들여
흐르는 대로 살라고 일깨워 준다

그래 가을이 가면 겨울 오고
아침 햇볕이 그립다 싶으면
봄빛이 손을 내밀겠지

늦가을 맨발 산행

대충 편한 옷에 팔다리를 쑤셔 넣고 집을 나선다
신발을 벗어 색에 구겨 넣고 멘다
서로 속속들이 잘 아는 사이
나를 위해 햇볕에 따뜻하게 달구어 놓은 나무계단
산 입구 갈색 잎들은 양옆으로 길을 내주며 반긴다
솔잎들은 뾰족한 자신을 잘근잘근 밟아 달라
길 가운데 정렬
언제나 희생뿐인 흙이 내 귀에 대고
조심조심 걸어 달라 한다 -생명들이 숨을 쉬고 있으니-
차가운 돌 바위의 거친 단단함이 닿을 때마다
내 입도 찔끔거리다 이내 이를 악문다
너도 나처럼 떨어지고
너도 나처럼 부서진다
우리는 속속들이 잘 아는 사이
나도 너도 흙으로 만들어졌음을 깨우쳐 준다
초록이라고는 이끼뿐
거칠고 말라비틀어져 가는
연민이 몰려오다 아픔이 전해지는
많은 지난날 돌아본다

흙을 닮은 엄마 흙을 닮은 아내
우리 모두 이웃이지

늦가을 산행

산행 시작한 지 6개월이 지났다
이 정도면 날아다닐 줄 알았다
오를 때마다 힘들고 숨이 차고 포기하고 싶은
능선 따라 걸을 때
문득 울창해서 보지 못한 것들이 눈에 든다
야위어 가는 나무들 사이로 보이는 집들
한때는 여리고 파릇했던 나무
무에 그리 아등바등 살았던지
이제 벼랑 끝에 서서
흙으로 풍화되어 싹이 돋는 나무를 본다
한 그루 죽은 나무 앞에서 신발을 벗는다

수육을 먹으며

쪼릿 끼루 뽀륵
김장 김치 냉장고 안에서 익는 소리
돼지고기 수육이 당긴다
삼겹살보다 저렴한
앞다리 살은 쫀득쫀득하고
뒷다리 살은 담백하다
상추에 두툼한 고기 한 점 마늘 새우젓
화룡점정 땡추를 쌈장에 듬뿍 찍어 베어 물면
진실의 콧김 절로 내뿜는다
찢어져라 한입 가득 쑤셔 넣고
다음 쌈을 준비하는 순간
나는 흠칠 놀란다
거울 앞에 비친 사자 같이 떡 벌린 입
남의 앞다리 뒷다리 찢고 썰고 씹어먹고 있는 나
발 -족발 닭발- 귀 혀 피 생간까지 다 씹어 먹고 있는
하이에나
흉악한 야생동물은 이미 남이 아니다

우리 동네 소통 칠판

시린 겨울 다 지나고
여기저기 꽃이 피고
푸른 싹이 돋을 즈음

숨어들듯
녹번동에 터 잡은
세상에 지친 우리 가족

오늘 저녁 불광천 함께 걸으실 분
6시까지 천변 입구로 오세요

우리 집 고양이
이쁜 새끼 낳았어요
분양받으실 분 기쁜 가게 들리세요

서오릉로 4길 23번지
홀로 할머니 생신 축하드려요

파이팅으로 격려의 말을
한 편의 시 구절로 토닥여 주는

이웃이 있어

비로소 우리가 될 수 있었던
푸르고 푸른 창에서
오색보자기 푼다

장례식

너 같은 남자 어디 또 있을까?
날쌔고 거침없이 폼 나는 너
아무에게도 털어놓을 수 없는 외로움 몰려오면
너는 나를 사정없이 바다로 데려갔지
파도 소리와 함께 너와 실컷 울고 나면 속이 후련했지
너는 음악을 틀어주며 나를 격려했고
때로는 공부방으로 침실로 나를 데리고 다녔지!

즐거울 때나 슬플 때나 언제나 함께한 22년 세월
삼촌의 비보를 받고 아픈 줄 알면서도
장례식장 데려다 달라 조르던 나와 함께 나선길에서
그만 너는 주저앉고 말았지!
죽음의 갈림길에 선 너를 이해하지 못하고
투덜대기만 했던 나를 용서해 주겠니?

거대한 쇠뭉치 갈고리가 너를 끌어올리는
너의 장례식은 차마 눈 뜨고 못 볼 광경이었다
어디 너 같은 참을성 많은 남자 또 있을까?
참았던 눈물 왈칵
참으로 고마웠다

부디 잘 가라
내 사랑
아반떼 8608

우리 집 냉장고

오늘 저녁은 무얼 먹을까요?
두 평 남짓 우리 집 텃밭을 연다
양배추 부추 당근 고추 오이
양파 마늘 참외 토마토.

우리 가족 건강을 책임지는
막중한 임무 텃밭을 관리하는 여인
주방에 자리 잡고

반짝반짝 인디언 핑크
섹시하고 단아하며
상냥하고 조용히 두 손 모으고

초록빛 붉은빛 세상을 감싸고 있는 여인
냉장고 문 열었다 닫았다
기대와 설렘과 희망으로
언제나 주방 옆에 서 있다

돈키호테와 요즘 사람들

라만차 풍차 언덕의 순수와 낭만 여유는
권위와 허세로 찌든 세상을 들쑤신다
어느 장관의 "소설 쓰시네"라는 말에
돈키호테가 무덤에서 창을 꺼낸다

미투, N번방 사건, 물고 뜯는 정치판
한 치 앞을 볼 수 없는 암울한 현실이다
코로나19는 사람들의 발을 묶고 숨을 턱턱 막는다

트롯에 미쳐 웃고 울며 BTS에 열광하고
테스형을 부르짖으며 나타난 나훈아에
잠시나마 위안받는 애처로운 요즘 사람들

한 줄기 희망의 표상 돈키호테
엉뚱한 듯 여유와 지혜로운 온화함
웃음과 감동의 카타르시스를 선사하는 돈키호테가
혼돈에 묻힌 나를 찾아준다

날아오른다

아침부터 까똑 가똑 까치 소리
축하 메시지 날아든다
내 나이만큼의 빨간 장미 바구니 날아든다
친구가 보낸 선물이 택배로 날아온다

예쁜 앙금 꽃 케이크를 두고
인왕산 자락 나무 그늘아래 둘러앉아
사랑하는 가족의 생일 축하를 받는다
나뭇가지 위의 애벌레도
호랑나비 되어 날아오를 것

내 딸을 사랑하는 아들이 하나 더 생긴 첫 생일
벅찬 마음 아지랑이 되어 날아오른다
아지랑이는 빛을 만나 쌍무지개를 만들어
하늘에 선명하게 날아오른다

가족이라는 면역제
둥글둥글한 우주 우리 가족
밤하늘 둥근 달 속 엄마
무지개 타고 내게로 온다

사랑한다 생일 축하한다고
나는 다시 한번 달님에게 날아오른다

초인종 소리

띵 동~~띵 똥~~~
얼마 만에 들어보는 초인종 소리인가 - 번호 키에 밀려 -
문 앞에 5살쯤 되어 보이는 여자아이가 서 있다
양팔을 이리저리 흔들며 입을 삐죽

나는 한눈에 알아보았다

엄마! 하고 외쳤다
- 엄마가 5살쯤 되어 보이는 여자아이로 서 있었다 -

내가 얼마나 사랑하는지 알지?
5살 된 여자아이를, 아니 엄마를
번쩍 들어 올려 빙글빙글
그제야 삐진 얼굴이 방긋

사랑을 듬뿍 머금은 채
그림 그리기를 좋아하는 내게
그림이라도 그리라는 듯
엄마, 당신 얼굴을 새하얀 도화지로 만들어 놓고
영영 돌아오지 않았던

어젯밤 꿈에
초인종 누르며 나를 만나러 온 당신
햇살보다 더 빛나는 미소
책상 위 사진 속에 나를 보며 웃고 있다
띵 동 띵 동 띵똥~~~~

불가마에서

내 몸이 뜨거워진다
자동 냉각장치 작동
땀이다

불가마 앞 머리를 나란히 모은 사람들
벌겋게 튀기고 있다
지옥 불 속으로 떨어질 기세다
한쪽이 더 이상 참을 수 없이 뜨거우면
화들짝 속으로 비명을 지르며
몸을 돌린다
몸서리친다
머리카락에서도 땀이 난다
내 안에 있던 찌꺼기
저 타오르는 불꽃으로 모두 던진다
땀으로 깨끗이 씻겨져 내려간다
아~~~시원하다
지구는 이렇게 시원한 불덩이로 시작되었다고?

한 해를 보내며

2020년은
일상을 잃은 일상의 일 년이었다
방구석 처박혀 밥만 처먹고 똥만 싸라는 건지
큐알 코드 동선 하나하나 감시당하고
집 뒷산 산책코스 벤치마다
상이용사 테이프 칭칭 감았다
영화 한 편 본 지가 언제였던가?
이 모든 것이 예고편에 불과할지도 모르는
마스크 경고에 가슴이 무너져 내린다

빼앗긴 일상에도 봄은 오는가
길가 초록이 새록새록 뚫고 나왔다
오늘 밥상에는 봄나물이나 초대하자!

3부_ 새로 시작하려고요

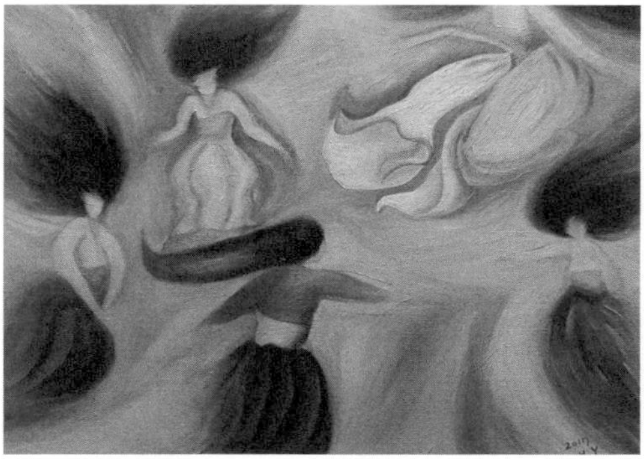

어머니

높은 산봉우리가 어우러진 깊은 산과

맑은 물이 흐르는 다른 세상에서

이제 옛날 이야기하며

함께 웃고 싶습니다, 어머니!

무게

한계의 무게에
짓눌린 신음소리
꿈으로 가벼이 들어 올릴까?

세상 풍파
거센 바람 소리
밖을 막고 속을 풀어 내릴까?

세상 밖으로 잘려나간
애틋한 몸짓
따스하게 쓰다듬어 오늘을 달래볼까?

끝없이
끝없이
벼랑 끝에 매달려
아슬아슬 삶의 무게를
가누고 있다

풀꽃

세상의 소리
그 모든 헤살
뒤로하고

고개를 서뿟
들이 내민
들풀 속에
가려진

뜨거운 작은 해
타지 않고는
견딜 수 없는

혼자서는
할 수 없는
사랑의 씨, 불씨

입김 호호 날리며
바람을 기다리고 있다

*헤살 : 남의 일이 잘 안되도록 짓궂게 방해
*서뿟 : 소리가 잘 나지 않도록 부드럽게
발을 내디디는 모양을 나타내는 말

돌솥비빔밥

친구와 집 근처 공원 산책길
예쁜 카펫이 깔려있다.
다양한 나무들의 울긋불긋 단풍잎
폭신폭신 나뭇잎을 터벅터벅 밟으니
타닥타닥 돌솥비빔밥이 생각난다

뜨거운 뚝배기 안에 찰진 하얀 쌀밥
예쁘게 물든 나뭇잎 위 노란 달걀부침 꽃
참기름 한 방울 숟가락으로 쓱쓱 밥과 나물을 비빈다
고추장이 흩어지는 밥알을 빨갛게 물들인다
발갛게 익은 우리의 미소 함께 비빈다
쌉싸름 달큼한 첩첩 부드럽게 씹히는 나물들은
먹어도 먹어도 질리지 않는지
한 숟갈 듬뿍 퍼서 입안에 넣는 친구의 얼굴이
알록달록하다

오늘같이 쌀쌀한 날씨에는 다 먹을 때까지
따뜻한 돌솥비빔밥
마지막 노릇한 누룽지까지 꿀맛
비빔밥은 선조들의 아까운 잔반 처리 지혜다

선조들의 잔반이 남아 비빔밥을 먹는 가을날의 즐거움
떨어진 단풍잎도 고추장처럼 보인다

새로 시작하려고요

힘없는 회색지대
묶인 듯 갇힌 듯
그림처럼 한 여인이
가슴에 옥합을 안고 있는

방치한 것은 아닌
종종 손 내밀어 보는
주머니 속 낡아버린 지도를 펼쳐 들었다가
버리지 못해 다시 구겨 넣었던
못 잊는 첫사랑 사연처럼 저릿한

지지고 볶다 더듬이 하나 더 생겨난
다 내려놓았다고 생각한 내공
어떤 열정으로 지금까지 왔는지
지나간 날들이 꿈이다
꿈 있으려다 지친 꿈은 일상이 되고

못다 피운 몽우리
무심한 바람이 앗아가기 전
새로 다듬고 가꾸려고요

좌충우돌 고난의 연속
절대 멈추지 않는 돈키호테
늦을 때가 제일 빠를 때라고 하지 않아요?

빗소리

아직 새벽녘
이불을 끌어당기려다
해끔히 실눈 속으로
들어오는 소리, 그 가느다란 모습

수없이 머뭇거리며
간절했던 순간들
그늘져
쌓여있던 마음이
툭 열린다

스스로가 이겨낸 것이라
생각했던 어리석음을
일깨워 주는 소리

소중한 것은
언제나
떠나고 나서야 깨닫습니다

아버지!

그 기침 소리가
그렇게도 그리웠습니다

아버지

날 저물어
내 그림자 길어진다
서러운 검정 단색이
나타난다

불빛처럼 환한 모습
내 그림자와 겹친다

마주하려 하자
사라지는
아버지 모습

세상을 의지하지 말라
홀로 서도록 해
아버지의 기침 소리

아, 아버지
아버지가 날이 갈수록 그리워
내 그림자 아버지를 닮아갑니다

맛있는 수다

햇살 좋은 오후
중년 여인 넷
공원에서 불을 지핀다

고운 이야기들
잘게 썰어
콩 국물에 말고

아픔과 상처
끓는 물에 소금 한 꼬집 넣어
살캉거리게 데쳐낸다

소망은 윤기 나게 볶아내
맛있는 수다 한 상

새콤달콤
세상 향기
서로서로 주고받고

귀

절친 고갱과 다투면서
자신도 모르게 귀를 잘랐다는 고흐
왜 그랬을까?

나는 작고 못생긴 내 귀를
항상 머리카락으로 숨기고 산다
처음 안경을 쓸 때도
눈만 생각하느라
귀는 안중에도 없었다
스마트 폰이 생기고
운전할 때 귀에 꽂은 이어폰
나 혼자만을 위한
맞춤 프로를 들을 수 있으니까

머리를 귀 뒤로 쓸어 넘기고
멀쩡한 귀에 구멍을 내어서 쇠고리를 걸었다
미친 코로나19 바이러스
무섭고 무거운 마스크까지 걸어
생명 지킴 막중한 임무 완수를 위해
통증까지 감수해야만 한다

미워한 작은 내 귀가 짜증인지
자꾸 마스크 끈이 빠진다
고흐가 왜 순간적으로 귀를 잘랐는지 알 것 같다
이제부터라도 반짝반짝 기름으로 닦아주고
좋은 음악 사랑한다는 말만 듣게 해 주고 싶다

간절곶에서

하늘과 맞닿아 이룬 경계 위를
느리게 지나가는 고깃배
간절한 기다림은
망부석 세운
슬픈 바다가 되고
스스로 이마 바위에 부딪혀
하얀 꽃으로 타올라
파도가 되어
사라지다 다시
불그레 하늘 위로 떠 오른다
따뜻하고 잔잔한 노을이여
밀물에 밀려왔다
썰물에 가는
이유를 묻지 마세요

비 온 뒤

저녁부터 내린 밤비
하늘이 젖고 바람, 나무
내 마음도 후드득 젖습니다

그때도 비가 내렸지요
우리가 나누던 이야기
들리는 것 같아
귀 기울입니다

얼굴 가득 웃음 지어
측은히 바라보던 그 모습
젖은 창문처럼 떠오릅니다

아침 햇살
아직도 혼자만 젖어있는 나를
말끔히 씻겨줍니다
창밖에는 아이들이 뛰어놀고
아침 햇살이 쏟아집니다

어머니

삼복더위
산바라지 접어
동네 끄트머리쯤
연못이 있는 고개 너머로 뛰어갔다던
몸과 마음 식혀주던 바람 손 맞잡고 뛰는 기분은
짜릿하고 황홀하셨는지요?

당신
주린 배 움켜쥐고 꿈꾸었던 것은
한 순갈의 밥
동갑내기 조카에게
몽당연필 하나 주고 바꿔 먹었다지요?
밥 한 순갈로 허기가 채워지진 않았겠지만.

시내 가장자리 다닥다닥 붙은
우리 식구 포도시 살아가는 것조차 욕심
서둘러 떠나야 했던 그때 그곳이
마냥 막막하고 서러우셨겠지요.
세상에 남겨진 당신의 외아들
차라리 연못으로 달려가시지

이 누이가 해 준 거라고는 그저 함께한 시간뿐
이제 한 가족의 가장이 되었답니다

어머니
높은 산봉우리가 어우러진 깊은 산과
맑은 물이 흐르는 다른 세상에서
이제 옛날 이야기하며
함께 웃고 싶습니다, 어머니!

페달을 밟으며

쉴 새 없이 움직이는 세상
어지러이 도는 지구
내 머릿속에도 무언가 어지러이 떠돈다
커튼처럼 긴 머리 바람에 날리고
떠돌던 생각 강물처럼 지워내면
바람에 흔들리는 어린잎
가슴을 타고 오르는 모습 보인다
지나간 풍경들의 뒷모습
새 길을 향한 설렘과 기대
힘껏 페달을 밟는다

사형장 옆 미루나무

- 서대문 형무소

비명 죄어오는
한 맺힌 세월
고스란히 받아
홀로 속으로 삭여

죽음의 날들은 흘러가도
고통의 시간도 지나가도
운명처럼 그곳에 서서
성장을 멈춘 왜소한 너

역사의 고난을 지켜본
증인이자 유일한 생존자
서대문 형무소 사형장
미루나무

이제는 너의 날이 왔단다
새살 돋우어 쭉쭉 뻗어나라
하늘 끝까지
미루나무여! 미루나무여!

그곳에 서 있다

간절곶 바다가 들려준 위로
파도 소리에 실어 실컷 울었다

돌아올 수 없는 남편 애타게 기다리는
여인은 먼바다에 눈을 두고
철없는 두 딸 그 품에 안겨
함박웃음

멀리 멸치잡이 배들의 불빛
찬란한 은빛 파닥거림
어부들의 치열한 삶의 비린내

그 무엇도 의지가 되어주지 못한
내 맘속의 응어리, 모녀의 간절함, 어부의 삶
서로의 아픔들을 녹여
달빛이 검은 수면 위를 비춘다

아! 그리움은 지독하다
파도의 흐느낌은 밤새도록

그치지 않고
내 마음은 그곳에 서 있다

아가 웃음의 비결

편안하면 잠이 오나 보다
엄마 품에서 졸고 있는 돌박이 아가가
지하철 내 옆자리에서 잔다
저렇게 작은 마스크가 잔다
얼굴을 다 가리고 있어도 너무 이쁘다
자그맣고 통통한 몸 가득 사랑이다
아가의 살냄새 보송보송 여린 손과 발
모찌모찌하고 싶다
늘어진 피로가 슬쩍 물러난다
순간 재채기가 웬 말?
민망한 마음에 이리저리 사람들의 눈치 보는 나
아가는 부스스 눈을 뜨고
웃기로 마음먹은 듯 쓰윽 미소를 짓는다
다시 한번 에취!
또다시 터지는 풀잎 같은 웃음
마스크 속의 아래 앞니 두 개
입천장에 닿은 작은 분홍 혀
까르르 큰 소리로 자지러진다
코로나로 지친 지하철 안
무표정하고 무기력한 사람들의 피로를

확 날려 보낸다
강력한 아가의 웃음 비결
아가는 안다
좋아서 웃는 게 아니라
웃으면 좋아진다는 것을

민낯

산책길에 내가 나에게 묻는다
선뜻 대답이 없다

뼈대와 능선만 남아
말라비틀어진 북한산의 민낯
얼기설기 복잡한 잔가지 빈 퍼즐 조각들
조각조각 잘 맞춰 넣으니 금세 모든 조각이
메워져 하늘을 담았다
행복해 보인다

햇살이 따뜻한 온기를 전해주고
바람이 기운을 불어 넣어준다
조용한 산길에 숨소리가 들린다
겨울은 옷 갈아입고 먼 길 떠날 준비에 바쁘다
눈 속에 삐죽이 드러나는 연보라 연둣빛 노란빛
그들의 행복을 나는 단박에 알아차렸다

내가 나에게 계속 묻는다
나의 민낯을

변하는 삶에 따라 바뀌는 내 마음과 표정
가면을 쓴 모습이 나라고 착각하고 살아왔다
나를 모른 채 나를 만들어 가는 페르소나
내 머리칼에 무게도 없이 매달린 공허

봄의 민낯에 나를 발견한다
봄비가 메마른 가슴을 촉촉이 적신다

시간 탓

- 세월

담 너머 아이들의 노는 소리
언제 들어본 소리
사람이 늙는다
도시가 늙는다
나이 든 카페 안
숨겨져 있지만 숨길 수 없는 것들이 있다
따스한 국물처럼 외로운 옆 테이블의 할머니들
얼굴에는 주름과 나이 보이지 않는다
한때 그녀들의 웨딩드레스는 유난히 빛났고
남이야 눈을 흘기건 말건
커튼 너머 해맑은 어릴 적 동창들은 즐겁다
쌓아온 정은 단단하지만
힘들고 무뎌지고 덤덤해진 것은
누구의 잘못도 아닌 시간 탓

창밖의 구름은 느림보
바람에 흔들리는 홀로 서 있는 나무
힘들다

고매감

지리산 자락 봄비 내린다
여린 봄비 봄비는 양지바른 곳보다 숲속이 좋다
조막손 고사리들 손을 들어 봄비 맞는다
자연의 은혜 고수레 고사리
녹색 매실 주렁주렁 익어 갔을 길
뿜어내는 향기 삶에 찌든 독을 뺀다
오매는 제 몸 불에 그슬려 사람에게 보시한다
오메! 좋은 거 - 나는 어떡해 -
식당 고매감은 고사리 매실 감 맛나기로 유명하다
구불구불 시골 골목길 따라 도착한 커다란 감나무 집
넓은 마당 커다란 평상 위 커다란 대봉감 홍시
오매불망 손님 생각 고매감 식당
자연의 정성스러운 손길 몸과 마음이 감처럼 물든다

달빛 미소

15년 전 즈음 남자 중학교 교사였던 나는
하루 종일 개구쟁이들과 시름 하다
퇴근 때는 집 근처 숲에서
하루를 씻어내고서야 귀가를 하곤 했다

여름 어느 날
커피 한 잔으로 바위에 걸터앉았는데
옆 등산로에서 큰 지팡이를 짚고 내려오는 노신사
처음 보는 나에게 한마디 건넨다
품은 달은 저 높이 있는데
낮은 여기서 웃음 잃지 않고 살아서 내가 참 이쁘단다

내가 그리 측은하게 보였을까?
종종 그 말을 떠올리곤 했지만 별 의미를 두지 않았다
요즘 새삼 그때 나의 미소에 대해 생각해 본다
이제부터 시작이라는 다짐의 미소?
길을 잃은 슬픔의 미소?
나는 지금 어디를 향해 가고 있으며 어디쯤 와 있는 걸까?

누가 나를 어떻게 보든 나는 후회하고 싶지 않다

햇살처럼 눈부시지도
별빛처럼 반짝이지 않아도
감출 수 없이 마음에서 솟아나는 여린 향기
은은한 저 달빛 미소를 따라가고 싶다

길은 없다

너의 길을 엿본다
잘 설계된 그 길에 스토리를 엮었다
햇빛까지 너의 길을 더욱 반짝이게 한다
붐비지 않고 이쁘고 정갈한
나는 그 길 속으로 잠시 걸어 들어갔을 뿐
길을 잃고 한참을 헤매야 했다

옵션 없는 나의 길
무작정 달리기만 했던
나는 목마르다
한 잔의 물로 충분할까

울퉁불퉁 진흙탕 산길
올라서야 보이는 풍경들
휘몰아치던 낯익은 순간들이 스친다

어제는 없다
내일은 공중에 떠 있다
항상 그 자리에만 있는 것은 없다

길은 없다
지금은 꽃 들고 웃음 들고 무지개 따러 가는 중

은사시나무

억울함이 있어도
누가 들어주나
외로움이 있어도
누가 와 주나
입 닫고
귀를 연다
혼자 안으로 숨어든다
숨 고르는 순간에도
한 치씩 자라나는
은 머리카락
쌓다 남은 돌처럼
산자락 비탈길에 서서
계절을 마주한다
속은 늘 떨고 있지만

4부_ 바람은 쉴 자리가 없다

어디선가 들리는 촉촉한 발소리

너에게 실어 전해온 그리움의 목소리

아주 천천히 촉촉이 젖어든다

서로의 서로를 묻고

함께 녹아 사라진다

나를 찾아서

삶의 의미와 가치를 끌어 올려라
그녀는 일본식 철판요리 콘테스트에 도전하는 요리사다
그녀는 흰 긴 머리카락 흰 눈썹을 가진 액션 배우다
새끼손가락 하나로 푸쉬업을 한다
그녀는 화려한 의상 마이크 잡은 성공한 가수다
그녀는 어마어마한 부를 축적한 자산가다
그때 그 길을 선택했더라면
현재 그녀는 코인 빨래방을 운영하고 있다
성가시고 예의 없고 제멋대로인 손님들
연로하고 깐깐한 아버지를 보필해야 하고
무능한 남편
레즈비언 딸
몸이 열 개라도 모자랄 판
어딘가 살고 있을 "나"를 모두 모아
삶의 의미와 가치를 끌어올려 보려 하지만
괴물을 만들어 낸다
그러나 절망하지 않는다
모든 것이 의미 없음을 알기에

* "나" : 참 "나"가 아닌 거짓 "나"
영화 에에 올(everything everywhere all at once)를 보고

길은 늘 젖어있다

빗방울은
막강한 중력
세상 모든 것을 젖게 한다
마음까지

쓸려나가지 않으려고
땅바닥에 찰싹 달라붙어
버둥대는 낙엽처럼
인생살이는 만유인력 버티기

어릴 적 소풍날 햄 계란 시금치는
어디 남의 집에 먼저 소풍 가고
그저 김치만 데리고 갔던 산길
친구들 볼까 멀찍이 혼자 먹던
눈물 젖은 김밥은
우리 가난까지 왜 그리 맛있었을까?

그 눈물 젖은 김치 김밥은
이젠 모든 사람이 심심풀이로 먹는 별미가 되었고
젖어 우울한 가슴앓이는

젖어 더 맑고 밝게 웃는
길가 작은 풀꽃이 달래준다

구멍

어릴 적 우리 집 작은 방 벽에 난 큰 구멍
다락방은 나만의 공간

상상의 나래를 펼치던 공간의 또 다른 구멍
세상과 나를 이어 주던 창
창밖으로 보이는 구멍가게는
바깥세상과 소통을 이어 준 내 다락방 같은

오뚜기 슈퍼의 오뚜기 카레 곽 위에는
언제나 먼지가 쌓여 있었다
지금은 그 구멍가게는 없어지고
깨끗한 편의점이 대신 채워져
정이나 덤 대신 할인이나 1+1이 유혹하겠지

내 얼굴의 구멍 하나 입안에
생각보다 큰 구멍이 났다
어금니를 하나 뺐을 뿐인데
엄청나게 크고 깊다
내 마음마저 구멍이 나버렸다

거울에 구멍 속의 구멍을 들여다본다
3개월 후면 구멍 난 잇몸에 새살이 차오르고
임플란트라는 새 치아가 그 구멍을 메울 테지만
허공에 난 구멍은 무엇으로 메울까

시인과 바다

광활한 바다 위 단독으로 남은 고독의 주인
뜨거운 태양 푸른 바다와 시인의 눈과 가슴
굶주린 바닷새에게 연민을 보낸다
육지와 구름은 시인의 고향
시인은 바닷속 한 마리 작은 물고기
거대한 물고기와 사투를 벌이는
바닷속 생명체들과의 삶과
고뇌 사랑 아픔 그리움이 뜨거운 형제다
고통과 고독의 전우
매번 지치지 않는 꿈을 부둥켜안고
동 터 오르는 태양을 기다리는
바다 위의 시인
노인 산티아고

안으로 들어오는

모진 바람 견뎌온
쓸쓸하고 축 처진 어깨
그대 오는가

기어코 아픔은 경계를 넘고
살갗 터트리는 잔혹함이 키워낸
허무한 아름다움이여

풋풋하고 싱그럽던
지난날은 모두 갔다
잃어버린 하얀 웃음
무색 보자기에 싼다

조용히
안으로
안으로
걸어 들어오는 그대여

바람은 쉴 자리가 없다

세상을 향해
끊임없이 소통하는
지상의 떠돌이

떠도는 까닭에도 이유가 있겠지만
돌아갈 곳이 없다는 건
살아갈 이유도 없는 것

내 마음은
떠도는 집시
내가 흔들릴 때 잡아주고
지지해 줄 수 있는 사람이 그립다
이 자리에서 뿌리내리고 살아갈 수 있는

바람의 눈 안에서
끝에서 끝으로
어제처럼 오늘도
부릅뜬 혀를 날름거리며
비웃음의 언어들은 뒤로하고
순례길을 떠난다

삶은 어디에서도 계속되고
바람은 쉴 자리를 찾아

사월 이야기

꽃잎 흩어져 날리는
새벽에도
가슴은 허전하다

눈물을 모르던
두근두근
철부지 계집애의
옛이야기는
소리 없이
밀물에 떠내려가고

무작정 밀어닥치는
시간 앞에
두려움은 짙어만 간다

서랍

누구도 열어 볼 수도 없고 관심을 두지 않는
2단 서랍이 있습니다
오랫동안 파도가 휩쓸어 가 버려
아무것도 남아있지 않았었지요
쓸어간 파도는 더 큰 파도 만들어와
숨겨 들킬라 손끝이 파르르 떨리는 비밀
서러움 외로움 눈물로도 열 수 없었던
에메랄드가 되어
서랍 속에 빼곡히 얼굴을 내미네요

소쩍새

땅 위에
그런 진한 사랑
또 피었을까

숨결에도
날아갈
꽃 이파리 새

어디에
그런 지순한 별
반짝이고 있었을까

죽어서
이승 저승 잇는
틔운 마음

새, 소쩍새여

보슬비

너의 저릿한 가슴에 스며든다
너는 나의 빗장을 뚫고 스며든다
아주 천천히 서로를 적신다
한꺼번에 퍼붓지 않는다
여기저기 튕겨 상처 주지 않는다
눈꽃 날리듯 다가와
투명하고 은은하게 감싼다
타닥타닥 때리기도 하지만 아프지 않다
어둑어둑한 밤
어디선가 들리는 촉촉한 발소리
너에게 실어 전해온 그리움의 목소리
아주 천천히 촉촉이 젖어든다
서로의 서로를 묻고
함께 녹아 사라진다

낮 그림자 낮 그림자

빛 있으라!
빛 속에서 밝음인 낮이 나왔다
빛 속에서 어둠이라는 밤이 나왔다
낮의 그림자는 빛으로 어두워진다
얇아지고 두꺼워지다 사라진다
하얀 안개 속에서 하얀 그림자 나온다
푸른 숲속에서 나무가 나온다
낮의 것들의 민낯이 불쑥 튀어나오는 밤
그냥 사랑한다고 말할 걸
그냥 사랑한다고 사랑할 걸
어둠 속의 빛은 은은하다
낮의 그림자가 캡슐 만들어 포근히 감싸주는 밤
밤의 까끌거리는 편안함으로
침대 속에서 뒤척이며 생각한다
빛이 사라지면 그림자도 보이지 않는다
낮 그림자는 밤의 그림자

비를 기다려

돌이켜 보면
어제보다 더
움츠린 하루

마음 붙여
어디 기댈 곳 찾다 멈추어 선다
남쪽엔
눈꽃 같은 매화가 피었다고

깨끗한
너의 절개
화사하게 날개 폈다고

머지않아
훈훈한 정 밀려올
봄비 뿌리리

박물관에서

쌀쌀한 날씨가 단비를 내린다
친구와 경희궁 뜰을 걷다 어느새 서울 역사박물관
"시민이 만든 박물관"이라는 전시 제목이 눈에 든다
누군가의 손때 묻은 귀한 기증품 유물들
손때 묻은 사연이 깃든 순간순간들
낯설지 않다
이거 뭐지? - 내가 쓰고 듣고 늘 놀던 것들 아닌가! -
과거나 지금이나 저기나 여기나
지구촌 사람 사는 거 다 똑같다
박물관도 지루한 고대 유물이 아니다
박물관에서 오늘 나의 그리움과 추억을 느낀다
내가 박제된 느낌
오래된 나를 느낀다

시선이 바쁘다

새벽녘 뒤척이다 결국 일어나 앉았다
창밖 가로등은 나보다 먼저 깨어 있다
한숨도 잠 못 이루었나
눈 밑이 퀭하니 다크써클 짙게 내려앉았다
어둠 속에서 벌어지는 일들
택배차 트렁크 여는 소리
배달부 계단 오르는 소리
가방 멘 참새들의 지저귀는 소리 듣고서야
눈꺼풀 내려놓는다

저녁노을
하루의 많은 심장들을 생각하며
눈물 왈칵 쏟게 한다
내일, 내일을 기대한다

그리고 하루가 끝난 지금
나는 침대에 누워
하루 동안 머물렀던
모든 시선을 닫고
잠을 연다

사람 책

와이셔츠 단추를 목 위까지 잠그고
내가 먼저 누군가의 시집이 되기 위해
앞장서서 나서는 봄을 잡아채고
사람 책이 되어 집을 나섰다

기대와 후회
잔잔한 물결에 맡긴 채
운동장을 들어섰다
중학생 기집애들 점심시간

잔잔한 운동장 물결에 놀라
깊은 땅속 숨어있던 생명들 깨어나고
마음속 숨어있던 기억이 떠오른다

누군가의 봄이 되어주기 위해
스스로 책이 된 날
나는 나의 시집과 나의 봄을 발견했다
저 자라나는 새싹이 다치지 않도록
저공 비행해야겠다

요가

숨을 깊게 들이마신다
숨을 내뿜는다
꽉 조여 준다
이를 악문다
나무가 된다
멈춰있지만 안에서는 끊임없이 움직이고 변화한다
두 개의 큰 뿌리 열 개의 잔뿌리는
수없이 많은 잔가지를 내며
땅속 깊이 뻗어 내려간다
두 개의 큰 가지는 10개의 잔가지
무성한 잎으로 피어
하늘 향해 뻗어 오른다
서로 리듬에 맞춰 협업하여 완성해 간다
나를 뺀다
나는 없다
내면에서 소리 없는 춤을 춘다
평화로운 영혼
나무는 머리를 하늘 깊숙이 묻는다

딸에게

하루 종일
책상 앞에서
설계 도면과 시름한다

퇴근길
지옥철에 끼여
힘없이 처진
작은 몸뚱이

또
목공소에서
못질하고 톱질하여
다듬고 바로 세운다

모자라는 잠
털어낸 휴일
하얀 욕실 바닥을
붉게 물들인다

즐거운 고통으로 *벼리는

스스로 삶을 지어가는
젊음의 아름다움이여

딸아
너는 진정한 자유인이다

* 벼리는 : 담금질하는

숲에서

머리카락을 끌어당기는
경쾌한 재즈 소리 귓가에 맴돈다
삶의 생기가 느껴지는
우리 동네 재래시장과 닮았다

무성한 나무와 싱그런 바람
새소리 물소리 흙냄새 풀 향기
여린 연둣빛 반짝거림
형형색색 이름 모를 풀꽃들

각자의 삶
자연의 질서 따라
꼬물꼬물 몽글몽글
활기차지만 조용하고 편안하다

변화를 두려워하는 덕희는
죽으면 나무가 되고 싶다 했다
한곳에 박혀 평생을 살아가는 게 뭐가 좋냐
나는 훨훨 날아다니는 새가 되고 싶다고 하니
자기는 날다 떨어질까 겁나고 한곳에

박혀 그저 여기가 명당이라 여기며 살겠단다
부드럽기도 하고 심술스럽기도 한 바람이고
싶다는 수영이는 마냥 착하기는 싫다며
으흐흐 너희들 뒤에 서 있으리라
너스레를 떤다

나무는 커다란 그늘이 되어주고
새들은 아름다운 소리로 나무를 의지하고
바람은 부드럽게 감싸주는
어디 좋은 일만 있으랴
비바람 막자 하니 고달픔은 낙엽으로 지리

입 큰 제비 새끼

초라한 빈집처럼 썰렁하지만
슬레이트 지붕 처마 밑 제비 가족 웃음소리 담을 넘는다
노란 입 큰 제비 새끼들 기를 쓰고 먼저 받아먹겠다고
쫙 쫙 입 벌리고
어미 제비는 부지런히 먹이를 물어온다

새끼들 큰 세상 향해 모두 떠나고
빈 둥지에 엄마 제비 빙빙 돌다 어디론가 사라진다

아이는 마당 한쪽 구석 땅바닥에
동그랗고 귀여운 젊은 엄마 하얀 얼굴을 흙색으로 그려놓고
색의 아쉬움은 입 옆에 까만 콩으로 점을 붙인다
부엌에서 저녁을 준비하는 엄마는 아이가 잘 놀고 있는지
힐끔힐끔 돌아본다
엄마한테 쪼르르 달려가고 싶지만 왠지 다가가면
엄마가 가 버릴 것 같아

1층에서 올라오는 아들의 발소리 쿵 쾅 쿵 쾅 배고프단다
굽고 있던 삼겹살 한 점 상추 쌈에 크게 싸 들고 기다린다
웃음 가득 능청 떨며 입을 쫙 벌리고

문을 열고 들어오는 아들
입속으로 상추 쌈 입 터지도록 넣어준다
서른 넘은 아들 이제 장가간다

빛을 향하여

서슴없이 확 버린다
잔인하게 버려진 삶
싱크대 하수구 망 속에 거꾸로 박힌다
동강 난 노란 콩나물 머리들
연민의 눈빛과 마주 본다
나도 모르게 말을 건다
이곳을 벗어나!

나는 성한 것들만 주섬주섬 모아
빛이 드는 창가에 둔다
투명한 유리병 속에 꽂아

갓 태어난 아기 엄마 젖을 찾듯
빛을 빨아들이는 힘
허리가 꺾이고 비틀어져도
콩나물 아기는 빛을 향해 나아간다

누구나 다 어려운 때가 있었지
저, 나처럼 빛을 향하고 싶다

해설

민용태

미침의 미학, 그 진솔성과 감동의 현장

민 용 태
(고려대학교 명예 교수. 스페인 왕립한림원 위원)

꽃이 활짝 피었다. 빨간 홍매화! 때가 어느 땐데… 겨울…

코로나가 한창인 한겨울인데, 일월인데, 무슨 빨간 웃음? 무슨 봄? 미쳤다. 미쳤다.

"미친 것들, 왜 이리 예뻐?"

시인 이희영의 웃음은 이렇게 미친다. 이렇게 예쁘다. 나이가 이미 가을인데, 발을 번쩍 들어 올린다, 내가 태권도를 한다니까… 하하 웃는다. 철이 없다. 철을 모른다. 이희영의 웃음은 화가다. 원래 화가이다. "인종차별 사기꾼, 장사꾼 득실대는 그 틈새/ 인상주의 그림에 환장해 오르세미술관 행/ 티켓을 예매했다가/ 위약금 절반을 물어낸 나도 단단히 미쳤다." 현실을 모른다. 세상 물정 모른다. 그냥 날뛴다. 돈끼호떼처럼. 시인 이희영의 시 "미친것들"은 이렇게 미친다.

어린 홍매화 일월부터
입술에 새빨갛게 처발랐다

어려서 철이 없는건지
아주 제정신이 아니다

한겨울 하얀 목련
아예 나팔을 불어대며
파란 하늘 향해 보란 듯이 피고 있다
정녕 미쳐도 제대로 미쳤다

코로나19 바이러스 미친 난리 통
불안과 걱정으로 가득 차
인종차별 사기꾼 장사꾼 득실대는 그 틈새
인상주의 그림에 환장해 오르세 미술관 행
티켓을 예매했다가
위약금 절반을 물어낸 나도 단단히 미쳤다

끝없이 급변하는 세상 앞에서
우리는 모두 미쳐야 살 수 있는 것인가
돈키호테가 현실을 직시했을 때
삶을 놓아야 했던 것처럼
진정한 미침이 사람을 살게 한다.

미친 것들, 왜 이리 예뻐?

"돈끼호떼"의 비문에는 "그는 미쳐서 살고/ 정신 들어 죽는다

(vivir loco/morir cuerdo)라고 쓰여있다. 이 말을 새겨 들으면," 산다는 것은 미쳐 사는 것/정신 들어 살면 죽어가는 길이다"라는 뜻. 돈끼호떼는 미쳤을 때 방랑기사로서 참으로 위대했다. 고향에 돌아와 자신의 기사 행각, 그 미친 짓을 후회하고 고해성사를 하고 바로 죽는다. 기사를 버리고, 예술을 버리고, 시를 버리고, 그는 금방 우울증에 빠진다. 죽는다. 정확히 말하면, 기사 행각, 즉 예술과 둘시네아에 대한 사랑, 시를 읽고 돈끼호떼는 우울증으로 자살한다.

은퇴해서 농촌에 묻혀 책이나 읽어대던 시골 영감은 남은 삶이란 그대로 살다 그냥 죽어가는 것뿐이었다. 급기야 이 영감은 인간 실존의 현실을 직시하고 탈출하기로 마음먹는다. 기사 행각을 벌이며 미치기로 작정을 한 것. 이것이 이희영 시인이 말하는 돈끼호떼의 깨달음, 즉 "돈키호떼가 현실을 직시했을 때/ 삶을 놓아야 했던 것처럼/ 진정한 미침이 사람을 살게 한다"는 진리에 대한 직감이다. 살아있는 것은 예쁘다. 생동력은 아름답다. 그래서 살아있음이 예술이다. 그 살아있음을 쓰는 것이 시다.

1. 생명의 아름다움

이희영 시인의 자연은 그대로 살아 있는 자신의 얼굴이다. 우주에서 인간이 가장 영리하고 똑똑한 동물이라는 편견의 시대는 갔다. 그보다 동양은 "삶의 길은 자연으로부터 본 받는다(道法自然도법자연)"는 진리를 살아왔다. 이 시인은 자신과 자신의 손바닥을 본다. “가끔은 맑은 물이 흐르고/ 초록이 무성하고/ 별이 쏟아져 내리는/… 내 손바닥에 시가 흐르고 있다”라고 말한다.

앞 시에서 홍매화를 보고 미친 듯 좋아하듯 “꽃”을 보면서 시인의 마음은 사랑이 무엇인가를 느낀다.

세상
다 털어내고
꼿꼿이 서 있다

손끝이
파르르 떤다

잠시 내려 앉을 뿐인
햇살만으로도
거뜬히 견디어낸

스스로 빛나는
한여름 밤의
꿈이 피었다

다 네가 아름다운 까닭이다
다 너를 좋아하는 까닭이다

여기에서 꽃이 피고 꿈이 피는 것은 모두 사랑 때문이다. 다 네가 아름답고 너를 좋아하기 때문에 가슴에도 얼굴에도 꽃이 피는 것. 사랑하면 세상이 보이지 않는다. 너만 보인다. 잠시 스쳐 가는 인연이나 "햇살만으로도" 꽃이 핀다. "풀꽃" 하나도 뜨겁게 불탄다.

세상의 소리
그 모든 헤살
뒤로하고

고개를 서뿟
들이 내민
들풀 속에
가려진

뜨거운 작은 해
타지 않고는
견딜 수 없는

작은 풀꽃이라고 불길이 약한 것은 아니다. 그것은 "뜨거운 작은 해"이다. 작은 생명을 태워 이룩한 풀꽃의 불꽃은 우주만큼 크다. 그리고 그 사랑은 집을 이루고 딸을 낳고 핏줄을 이어 간다. 유일한 것 같았던 사랑은 이음표다. 대대로 피를 타고 불타는 붉은 생명의 불꽃. 다음 시를 보자.

밤바다 파도 소리 바람 소리
달빛과 조명에 스치는
철부지 딸의 알몸
새하얗고 보드라운

양팔을 머리 위로 올리고
세상 편하게 앉아있는
봉긋하게 솟아오른
너의 가슴, 살결 그리고 검고 긴 머리
너의 피와 나의 피 하나 되어
밤은 깊어간다

세상과 세상살이는 알 수 없다. 늘 밤이다. 그러나 거기 또렷하게 짚어지는 공감대, 혹은 "너의 가슴, 살결 그리고 검고 긴 머리/ 너의 피와 나의 피 하나 되어" 사랑의 이정표를 알린다. 사랑이 늘 꽃은 아니다. 더러는 외로움과 눈물이기도 하다. 여기 "은방울꽃"을 보자.

마냥 혼자 있어도 좋은 은방울꽃
더러는 나 좀 봐 달라며
나 여기 있다고 목이 터져라 외쳐도
눈길 한번 주지 않아 조바심으로
혼자 주저앉고 말았지.
그러나 참으로 아름다운 것은

알아주지 않아도 울지 않는 것
은방울꽃은 눈물을 보이지 않는다
온몸이 눈물방울이 되도록

2. 인생살이는 만유인력 버티기

인생은 꽃만이 아니다. 더러는 고통이다. 불교에서는 삶을 고통의 바다苦海라고 하지 않는가. 기독교에서는 "눈물의 골짜기(vallis lacrimarum)"라고 한다. 산다는 것은 때로 아등바등 생명줄에 붙어 버티기이다. 시간은 빗방울이다. 흘러간다. 그래서,

빗방울은
막강한 중력
세상 모든 것을 젖게 한다
마음까지

쓸려나가지 않으려고
땅바닥에 찰싹 달라붙어
버둥대는 낙엽처럼
인생살이는 만유인력 버티기

그렇다. "민유인력"이다. 인생은 태어날 때부터 죽음을 향하여 떨어진다. 한용운의 "님의 침묵"에서처럼 "만날 때 이미 헤

어짐", 만나면 떠나게 되어있다. 인생은 아이러니하다 . 이희영 시인은 말한다. "소중한 것은/ 언제나/ 떠나고 나서야 깨닫습니다/ 아버지!/ 그 기침 소리/ 이렇게도 그립습니다

그러니까 살아간다는 것은 갈수록 늙고 해어지고, 헤어지고, "사시나무"처럼 은색 흰머리를 이게 된다는 것이다." 의로움이 있어도/ 누가 와 주나/ 입 닫고/ 귀를 연다.

혼자 안으로 숨어든다
숨 고르는 순간에도
한 치씩 자라나는
은 머리카락
쌓다 남은 돌처럼
산자락 비탈길에 서서
계절을 마주한다
속은 늘 떨고 있지만

늘 아무렇지도 않은 척 담담히 서 있지만, 속은 늘 떨고 있다. 인생은 늘 이루지 못한 꿈들과 하지 못한 소망들뿐이다. 그래서 쌓다 "남은 돌처럼 산자락 비탈길에서 서서" 쏟아지는 세월을 마주한다. 해는 늘 바뀌고 그것은 희망보다는 걱정과 두려움이 앞선다. 살다 보면 "구멍"이 많이 생긴다.

내 얼굴의 구멍 하나 입안에
생각보다 큰 구멍이 났다

어금니를 하나 뺐을 뿐인데
엄청나게 크고 깊다
내 마음마저 구멍이 나버렸다

거울에 구멍 속의 구멍을 들여다본다
3개월 후면 구멍 난 잇몸에 새 살이 차오르고
임플란트라는 새 치아가 그 구멍을 메울 테지만
허공에 난 구멍은 무엇으로 메울까

시대가 좋아서 이빨이 빠져도 금방 임플란트 한다지만, 자꾸 이빨 빠진 호랑이가 되어가는 인생은 어쩔 수가 없다. 한때는 맹렬하게 살자고 발버둥쳤지만, 가다 보면 남은 길이 모두 비탈길이다. 비탈길에서 바라보는 허공과 허무한 마음뿐. 인생은 자꾸만 구멍이 나고 비어간다.

이미 우파니샤트에 "인생은 강물"이라는 말이 나온다. 인생과 시간은 강물이며 바다에 이르면 죽는다고 말한다. 이희영 시인의 "강"도 바다로 간다.

에덴동산에서 흘러나온 강일까
두 갈래 세 갈래 네 갈래
쉼 없이 흘러 흘러
내 몸속에서 흐른다
강도 나비도 흐르고 날아오르고
꽃송이에도 흐른다

흐르며 난 상처 흐르며 아문다
떠나보내고 싶은 일 모두 버린다
알게 모르게 지은 죄까지 씻어 내릴 수 있을까
인생도 꿈도 흘러 흘러
언젠간 끝이 날 것
강도 바다에 이르면 갈매기가 된다

강물은 "쉼 없이 흘러 흘러/ 내 몸속에서 흐른다"고 시인은 말한다. 산스크리트어로 시간과 죽음은 다 같이 "kaal"이라는 동음어이다. 즉 태어난다는 것은 시간 속에 태어나는 것이고 가는 길은 죽음을 향한다. 따라서 강물이 바다로 간다는 말이나 인생이 죽음으로 간다는 소리는 같은 소리이다. 이희영 시인은 이런 인도 철학을 기독교적으로 푼다. 그리고 원조 의식까지 들먹인다. "떠나보내고 싶은 일 모두 버린다/ 알게 모르게 지은 죄까지 씻어 내릴 수 있을까" 이 시의 마지막 이미지는 지극히 아름답다. "강도 바다에 이르면 갈매기가 된다" 우리 민속 신앙에 오리가 땅과 하늘을 잇는 메신저이듯 여기 "갈매기"도 하늘로 혼을 나르는 고마운 일을 하는 걸까?

3. 흙으로 쌓아 만든 무지개를 찾아

오쇼 라즈니쉬는 붓다와 조르바를 같이 본다. 붓다가 죽음의 바탕에서 깨달음을 얻었다면 조르바는 춤추는 생명의 신으로 본다. 이희영 시인도 고달픈 인생의 가장 큰 위안으로 조르바를 말한다.

… 고개를 숙이고 계세요?
골이 아픈께
골 속에 섬이 하나 들어 있나보다
하염없이 뱃머리를 마주한 섬
섬은 섬을 가지고 산다
해가 지면 칠흑 같은 어둠
달 별 꽃 원시림과 푸른 바다 기암괴석들
아무도 보는 사람 없다
춤추고 사랑하고 노래하라
모든 것을 잃고 깨달은 하늘
그리스인 조르바처럼

결국, 산다는 의미를 물어 골치 썩을 필요 없다. "푸른 바다"에서 춤추고 사랑하고 노래하라/ 모든 것을 잃고 깨달은 하늘/ 그리스인 조르바처럼. 결국, 이희영 시인은 인생에 대한 이해와 타협으로 무지개를 본다. 이런 것이 "비빔밥"처럼 우리 선조들의 지혜 아니었을까?

오늘같이 쌀쌀한 날씨에는 다 먹을 때까지
따뜻한 돌솥비빔밥
마지막 노릇한 누룽지까지 꿀맛
비빔밥은 선조들의 아까운 잔반처리 지혜다

선조들의 잔반이 남아 비빔밥을 먹는 가을날의 즐거움
떨어진 단풍잎도 고추장처럼 보인다

인생과 대화하고 화해하고 사는 게 삶이 아니겠어? 여기 시인의 시와의 대화를 들어본다.

오늘은 너와 말 나누고 싶다
오늘은 발맞춰 너와 걸어보고 싶다
그런데 여전히 눈길 한 번 주지 않는 거니?
네 속에 비친 흔들리는 세상을 바라본다
너무 힘들게 애쓰며 살지 말라고
주어진 삶 고스란히 받아들여
흐르는 대로 살라고 일깨워 준다

그래 가을이 가면 겨울 오고
아침 햇볕이 그립다 싶으면
봄빛이 손을 내밀겠지

이제 시간과 화해하고 봄을 기다리기도 한다. 화해라기보다는 오히려 시간에 감사한다. 시간은 모든 걸 다 해결해주니까. 시간은 "너무 힘들게 애쓰며 살지 말라고" 타일러준다. 세상은 마음대로 되는 게 없다.

지지고 볶다 더듬이 하나 더 생겨난

다 내려 놓았다고 생각한 내공
어떤 열정으로 지금까지 왔는지
지나간 날들이 꿈이다
꿈 있으려다 지친 꿈은 일상이 되고

못다 피운 몽우리
무심한 바람이 앗아가기 전
새로 다듬고 가꾸려고요
좌충우돌 고난의 연속
절대 멈추지 않는 돈키호테
늦을 때가 제일 빠를 때라고 하지 않아요?

곰곰이 생각해 보면 산다는 것은 손에 잡히는 게 없다. 어제는 없다. 내일은 불확실성이다. 그러나 산다는 것은 아무튼 좋다. 좋아야 한다.

어제는 없다
내일은 공중에 떠 있다
항상 그 자리에만 있는 것은 없다
길은 없다
지금은 꽃 들고 웃음 들고 무지개 따러 가는 중

어떻든 "무지개"는 따야 한다. 산 너머 남촌에는 누가 사는지 궁금하다. 삶이 고되지만, 산 오르기는 힘들지만, 그래도 산다는 것이 힘들어도 좋다.

먼 산이 손에 잡힐 듯 또렷하다
촉촉한 흙, 나무 향기 더 짙고 싱그럽다
나뭇가지 사이로 비취는 햇살이 참 좋다
졸졸 산골 물소리 신발을 벗는다

힘들고 지친 발길 이 산을 올랐지
언제나 반기며 위로로 품어준 산
비바람 이겨내 가슴이 더욱 단단해진 산
산은 내게 희망이다
비 온 뒤의 산은 흙 돌 나무로 쌓아 만든 무지개

인생이 여물어가면 바닥과 바탕과 흙이 오히려 따스하게 느껴질 때가 있다. 그런 느낌이 들면 이제 어른이 되어간다는 인증샷.

언제나 희생뿐인 흙이 내 귀에 대고
조심조심 걸어 달라 한다 -생명들이 숨 쉬고 있으니-
차가운 돌 바위의 거친 단단함이 닿을 때마다
내 입도 찔끔거리다 이내 이를 악문다
너도 나처럼 떨어지고
너도 나처럼 부서진다
우리는 속속들이 잘 아는 사이

나도 너도 흙으로 만들어졌음을 깨우쳐 준다
초록이라고는 이끼 뿐
거칠고 말라비틀어져 가는
연민이 몰려오다 아픔이 전해지는
많은 지난날들 돌아본다
흙을 닮은 엄마 흙을 닮은 아내
우리 모두 이웃이지

이희영 시인은 시인이기 전에 화가이다. 화가여도 살바도르 달리 같은 초현실주의를 좋아하는 화가이다. "보자기는 보자기가 아니다"라는 시를 읽으면 새삼스레 이희영 시인이 초현실주의 이미지 같은 영상의 비약 대가임을 알 수 있다:

얇은 사각형 천 쪼가리
보자 보자 하니까 보자기로 보이나
보자기는 보자기가 아니다
메고 덮고 깔고 싸고 두르는
신비한 마법의 양탄자

숨겨둔 심장은 언제나 따뜻하고 포근하다

가끔 바다에 누웠다가 하늘을 나른다

즐거운 공간 외로움 그리움의 공간이 된다

내 안에 있던 슬픔 원망 미움
꽁꽁 싸매 두었던 온갖 잡동사니 다 품어
지워지지 않는 상처 감싸 안아 주는
보자기는 바다

다 내어주고 흘려 보내고
너와 나 마법의 양탄자 타고 새로운 세상으로
때로는 평면으로 평일로 돌아가
핸드백 속 귀퉁이에 다소곳이 앉아 눈을 뜬다

보자기가 "신비한 마법의 양탄자"가 되면서 양탄자가 날기 시작한다. 예를 들어, "가끔 바다에 누웠다가 하늘을 나른다." 여기에서는 하늘을 나는 게 아니라 하늘을 감싸고 나른다. 그만큼 보자기의 심장은 언제나 엄청나게 따뜻하고 포근하기 때문. 그러나 보자기는 혼자 있으면, "…외로운 그리움의 공간이 된다." 보내주고 그리워하는 마음이 있는 것은, "내 안에 있던 슬픔 원망 미움/ 꽁꽁 싸매 두었던 온갖 잡동사니 다 품어/ 지워지지 않는 상처 감싸 안아 주는" 크막한 마음이기 때문이다. 그래서 보자기는 바다이다. 하늘을 감싸고 실어나를 만큼.

이 시의 마지막 연은 가장 큰 것에서 가장 작은 것으로 둔갑하는 보자기의 마술을 보여준다. "다 내어주고 흘려보내고……/ 때로는 평면으로 평일로 돌아가/ 핸드백 속 귀퉁이에 다소곳이 앉아 눈을 뜬다. 이런 시 표현은 절구 중의 절구이다.

나를 찾아서
–영화 에에올(Everything everywhere all at once)을 보고

삶의 의미와 가치를 끌어올려라
그녀는 일본식 철판요리 콘테스트에 도전하는 요리사다
그녀는 흰 긴 머리카락 흰 눈썹을 가진 액션 배우다
새끼손가락 하나로 푸쉬업을 한다
그녀는 화려한 의상 마이크 잡은 성공한 가수다
그녀는 어마어마한 부를 축적한 자산가다
그때 그 길을 선택했더라면
현재 그녀는 코인 빨래방을 운영하고 있다
성가시고 예의 없고 제멋대로인 손님들
연로하고 깐깐한 아버지를 보필해야 하고
무능한 남편
레즈비언 딸
몸이 열 개라도 모자랄 판
어딘가 살고 있을 "나"를 모두 모아
삶의 의미와 가치를 끌어올려 보려 하지만
괴물을 만들어 낸다
그러나 절망하지 않는다
모든 것이 의미 없음을 알기에

불교 냄새가 짙은 이 시는 영화를 깊이 성찰하는 시인의 눈이 돋보인다. 결국 "인생무상" 즉 "모든 것이 의미 없음을 알기에" 다

버리고 삶의 춤을 다시 시작하는 조르바. 여기 주인공과 시인의 몸짓은 쓸쓸하리만큼 고요하고 곱다.

그러나 우리가 처음에 말한 것처럼 가장 아름다운 것은 천진한 생명성이다. 생명성에 미쳐 있을 때가 가장 예쁘다. 그래서 천진난만한 어린아이의 웃음은 무엇과도 바꿀 수 없는 시이다.

아가는 부스스 눈을 뜨고
웃기로 마음먹은 듯 쓰윽 미소를 짓는다
다시 한번 에취!
또다시 터지는 풀잎 같은 웃음
마스크 속의 아래 앞니 두 개
입천장에 닿은 작은 분홍 혀
까르르 큰 소리로 자지러진다
코로나로 지친 지하철 안
무표정하고 무기력한 사람들의 피로를
확 날려 보낸다
강력한 아가의 웃음 비결
아가는 안다
좋아서 웃는 게 아니라
웃으면 좋아진다는 것을

이희영의 시는 미쳐서 웃는 아름다움이다. 첫째 생명에 취한 천진한 아름다움을 그린다. 그 아름다움에 미쳐서 그린다. 거기에 영감을 받아 그린다. 플라톤의 말처럼 영감(inspiration)은 예술의 신에 미쳐서, 신들려서 정신없이 읊어대는 행위이다. 그럴 때 정신없기에 작위성作爲性이나 거짓이 없다. 진솔성 그대로 써가는 시가 이희영의 시이다. 거기에는 플라톤의 자석의 비유처럼 독자를 이끄는 마력이 있다. 즉 감동이다. 이희영의 시가 매력적이고 감동적인 것은 바로 그녀의 이런 진솔한 시학 때문이다.

문학시티 시선집 25

미친 것들, 왜 이리 예뻐?

초판 인쇄 2023년 7월 10일
초판 발행 2023년 7월 27일

지은이 이희영
펴낸이 朴明淳
펴낸곳 문학시티

주 소 100-015 서울시 중구 창경궁로 1가 29 (3F)
전 화 02-2272-2549
이메일 munhakmedia@hanmail.net
제작공급처 정은출판

ISBN 978-89-91733-74-9 (03810)